(N° 179)

Vente du Samedi 27 Mars 1909

HOTEL DROUOT SALLE N° 11

N° 107 du Catalogue.

ESTAMPES ET DESSINS

ANCIENS ET MODERNES

Me ANDRÉ DESVOUGES
20, Rue de la Grange-Batelière

M. LOYS DELTEIL
2, Rue des Beaux-Arts

FRAZIER-SOYE
GRAVEUR - IMPRIMEUR
153-157, Rue Montmartre
PARIS

CATALOGUE

DES

ESTAMPES

ET

DESSINS

ANCIENS ET MODERNES

Dont la vente aura lieu

à Paris, HOTEL DROUOT, Salle N° 11

Le Samedi 27 Mars 1909

à 2 heures précises

Par le Ministère de Me ANDRÉ DESVOUGES

COMMISSAIRE-PRISEUR

Successeur de Me MAURICE DELESTRE

26, Rue de la Grange-Batelière

Assisté de M. LOYS DELTEIL, Artiste-Graveur, Expert

2, Rue des Beaux-Arts

CONDITIONS DE LA VENTE

Elle sera faite au comptant.

Les adjudicataires paieront *dix pour cent* en sus des enchères.

M. Loys Delteil remplira les commissions que voudront bien lui confier les amateurs ne pouvant assister à la vente.

MM. les amateurs pourront visiter la collection, 2, *rue des Beaux-Arts*, les Lundi 22, Mardi 23 et Mercredi 24 Mars 1909, de 2 heures à 5 heures.

N° 53 du Catalogue.

DESIGNATION

AVRIL (J. J.)

1. Vénus désarmant l'Amour. Belle épreuve du 1er état, *avant la draperie* (petite épidermure).

BAUDOUIN (d'après P. A.)

2. Les Cerises, par N. Ponce (13). Belle épreuve du tirage postérieur.

3. Le Midi, par E. de Ghendt (33). Belle épreuve, *avant la lettre* (petites restaurations).

4. La Nuit, par E. de Ghendt (35). Très belle épreuve, *avant toute lettre.*

BEHAM (H. S.)

5. La Fortune contraire (B. 141). Superbe épreuve du 1er état.

BOIS ANCIENS (XVIe siècle)

6. Sujets religieux et entourages extraits de *livres d'heures*, 18 pièces et 4 feuilles contenant un grand nombre de motifs d'entourages.

BONNET (L. M.)

7. Le Messager bienvenu, d'apr. J. B. Le Prince. Très belle épreuve, *imp. en couleurs* (sans marges).

8. L'Espoir d'un Heureux Jour — Les Revers de la Fortune. Deux pièces d'après Bounieu, se faisant pendants. Belles épreuves, *imp. en couleurs*. Encadrées.

BOSSE (Abraham)

9. L'Automne — Le Retour de l'Enfant prodigue — Le Mariage à la Ville — Le Mariage à la Campagne. Quatre pièces, deux en belles épreuves.

BOUTELIÉ (L.)

10. L'Aiguille enfilée. De forme ovale. Belle épreuve, *avant toute lettre, imp. en bistre*.

BOUCHER (par et d'après F.)

11. L'Amour oiseleur — La Fileuse, par de Valory — Danseuse, par J. C. François — La Confidence, par Bonnefoy — *The Shady blest Retreat*, par Spicer — Pastorale, par Haïd.. Six pièces. Belles épreuves.

12. Vénus sortant du bain, par Michel. Très belle épreuve.

13. Pan et Syrinx, par Martenasie. Très belle épreuve.

14. La Rêveuse, par Beauvarlet. Très belle épreuve.

15. Tête de jeune Fille, des roses dans les cheveux, par L. M. Bonnet. Belle épreuve, *imp. à l'imitation du pastel.*

16. Le Pêcheur, par Chedel — 1re et 2e Vues de Trouville, par W. Ryland. Trois pièces. Belles épreuves.

17. Pescheurs — La Balançoire — Groupes d'Enfants, etc. Huit pièces par Aveline et Huquier.

CALLOT (Jacques)

18. Les Bohémiens (667-670). Suite complète de 4 pl. Très belles épreuves du 2e état, *avant l'adresse.*

CARRIÈRE (Eugène)

19. Verlaine (Paul). Superbe épreuve sur chine, *signée* et *numérotée.*

20. Goncourt (Edm. de). Très belle épreuve sur chine, *signée* et *numérotée.*

21. Puvis de Chavannes. Très belle épreuve sur chine, *signée* et *numérotée.*

22. Rodin (Auguste). Très belle épreuve sur chine, *signée* et *numérotée.*

23. Rochefort (Henri). Très belle épreuve sur chine, *signée* et *numérotée.*

CHALLE (d'après M. A.)

24. Le Portrait chéri, par L. M. Bonnet. Très belle épreuve, *imp. en couleurs.*

COIFFURES — COSTUMES, CRIS DE PARIS

25. Coiffures et costumes des XVIIe et XVIIIe sièles, 20 pl., par Desrais, J. M. Will, Haïd, Bonnart, etc.

26. La Marchande de roses — Le Marchand de Tisane et la Laitière, par Bonnet. Deux pièces. Belles épreuves, la 1re tirée en 2 tons et *rehaussée*, la 2e en *sanguine*.

27. Estampes et vignettes relatives aux coiffures (XVIII siècle). Vingt-cinq pl. par Janinet, Binet, J. M. Will, la plupart en belles épreuves (2 *imp. en couleurs*).

28. *Galerie Militaire*, collections Dero-Becker et Martinet. Cinquante-trois pl., *coloriées* (marges inégales).

29. Costumes Militaires Français, 16 pl., par ou d'apr. Raffet, Janet Lange, Bastin, etc.

30. Costumes divers, Modes, Acteurs, etc., 55 pièces.

COYPEL (d'après Ch.)

31. Le Négligé galant, par Carmona. Belle épreuve.

DEBUCOURT (P. L.)

32. Annette et Lubin (M. F. 22). Très belle épreuve du 2e état, *avant la lettre*, *imp. en couleurs*, filet de marge (la marge du bas a souffert et le fleuron est en partie abîmé).

DE GOUY (A. M.)

33. Les Jumeaux — Le Triomphe de l'Enfance. Deux petites pièces de forme ovale. Belles épreuves, *imp. en couleurs*. Rares.

DEMARTEAU (G.)

34. Les Fleuristes, d'apr. F. Boucher. Superbe épreuve, *imp. en sanguine*, toutes marges.

35. Le Sommeil de Vénus (N° 161) — Etude de Femme étendue. Deux pièces, d'après F. Boucher. Très belles épreuves, *tirées en sanguine*.

N° 19 du Catalogue.

36. Jeune Fille près d'une barrière, appelant (196) — Jeune Femme tenant des Fleurs (126) — Paysanne en buste. Trois pièces, d'apr. F. Boucher. Belles épreuves, deux *tirées en sanguine*.

37. Les Plaisirs innocens (nº 174) — Paysanne et troupeau (nº 166) — Paysanne tenant un chien. Trois pièces. Belles épreuves, *imp. en sanguine* (une légèrement rognée).

DEMARTEAU — BONNET

38. Le Maraudeur — Femme russe — Study of Animales — Allégorie — Paysage. Cinq pièces, d'apr. Boucher, Huet et Le Prince. Belles épreuves.

DESROCHERS (E.) — KLAUBER (?)

39. Dombes (L. A. de Bourbon, Prince de), d'apr. De Troy — Anonyme, *avant toute lettre*. Deux pièces. Belles épreuves.

DIVERS

40. L'Amour volage, par Couché — La Source, par Mulinari — L'Adoration des Bergers, par Denon, d'apr. Le Guerchin — Diane et Actéon, par Cœlemans — Jésus au milieu des Docteurs, par Denon — Diane découvre la grossesse de Calisto, par Watts, d'apr. F. Viéra. Six pièces. Belles épreuves, une *imp. en sanguine*.

40 *bis*. Les Sens, par Caylus, d'apr. Bouchardon, suite de 5 pl. — Danaë, par Dien, d'apr. Le Corrège — Sujets galants, par Devéria et Renard. Ensemble douze pièces, plusieurs tirées en bistre ou coloriées.

DURER (Albrecht)

41. Planches de la Petite Passion (sur bois) 4 pièces — L'Enlèvement d'une jeune Femme, par J. Hopfer — La Mélancolie, l'Enlèvement d'Amymone, par J. Wierix. Ensemble sept pièces. Bonnes épreuves.

DYCK (Ant. van)

42. Breughel (Pierre) (D. 2). Très belle épreuve, *avec* les lettres G. H.

43. Portraits de l'Iconographie. Trente-quatre pièces par Pontius, Bolswert, Vorsterman, etc., la plupart en bonnes épreuves.

ECOLES ANCIENNES

44. Les Evangélistes, 4 pl. d'apr. J. de Gheyn — La Multiplication des pains, par de Gheyn, d'apr. A. Blœmaert — Travaux d'Hercule, d'apr. Aldegraver — Gueux, par Van Vliet — Paysages, etc. Ensemble 37 pl. *Ce n° sera divisé.*

ECOLES FRANÇAISE ET ANGLAISE (XVIIIe siècle)

45. La Douce illusion. De forme ovale. Belle épreuve, *avant toute lettre, tirée en bistre.*

46. Intérieurs de Parcs avec figures. Suite de quatre pièces in fol., gravées au trait et aquarellées. Très belles épreuves.

47. Jeune Fille au chat, *avant toute lettre* — Summer, d'apr. Ward — La Rose d'Amour, par Benoist, d'apr. Dubrusle — Io — La Nymphe blessée, par A. Chaponnier, d'apr. Regnault et Van Dale. Cinq pièces. Belles épreuves (3 imp. en couleurs).

48. La Visite à la nourrice, d'apr. E. Aubry (épr. rognée) — L'Amour et la Folie, par Jeaurat — L'Œconome, par M. Aubert, d'apr. Jeaurat — La Via Appienne, par St Non, d'apr. Le Prince — Le Printemps, par Lépicié, d'apr. La Rosalba. Cinq pièces.

49. La Peinture chérie des Grâces, par Dennel, d'apr. Lagrenée — Jupiter et Io, par Leroy, d'apr. Landon — Io et Jupiter, par Durmer, d'apr. A. vander Werff — Danaë, par L. Desplaces, d'apr. Titien — Io, par Desrochers, d'apr. le Corrège. Cinq pièces. Belles épreuves.

50. La Jardinière au repos, par Le Vasseur, d'apr. Peeters (manque de conservation) — Miss returning from a Visit or Thomas Fording... — Diane de Poitiers, par N. Ransonnette, d'apr. L. Penni — L'Amour à l'Espagnole, par St-Aubin, d'apr. Le Prince — Tête de jeune Fille, par Demarteau, d'apr. Le Prince. Cinq pièces.

51. Personne ne me voit, par Pietrequin, d'apr. Touzé — Marguerite d'Anjou, par Ridé, d'apr. Sergent — Les Désirs — La Vénus bachique, par Voysard (tirage postérieur) — Banditti returning, par Blyth, d'apr. Mortimer — La Fleuriste, d'apr. G. Dow. Six pièces. Belles épreuves.

52. Sujets divers et Paysages, 15 pl. d'après Debucourt, Freudeberg, Boucher, Cipriani, etc.

53. Vue du Château de Berni, par J. Rigaud — La Souricière, par Charpentier — Pan et Syrinx, par Baron, d'apr. Bertin — Tom Jones, par Ingouf, d'apr. Wille fils — Scènes à costumes (Italie) — Roland apprend la perfidie d'Angélique, par Surugue, d'apr. Coypel, etc. — Histoire de Vénus, par Cotelle, 7 pl. (sur 8). Vingt-deux pièces.

FILLŒUL (Pierre)

54. Les quatre Heures du Jour. Suite de quatre pièces. Superbes épreuves, à toutes marges.

FRAGONARD (Honoré)

55. Les Bacchanales (P. de B. 6-9). Suite complète de quatre pièces. Très belles épreuves.

FRAGONARD (d'après H.)

56. Ma Chemise brûle !... par A. Legrand. Très belle épreuve, *imp. en bistre.*

N° 50 du Catalogue.

57. La Fontaine d'Amour — Le Songe d'Amour. Deux pièces par N.-F. Regnault, se faisant pendants. Belles épreuves. Encadrées.

58. Le Premier pas de l'Enfance, par G. Vidal. Belle épreuve.

FREUDEBERG (d'après S.)

59. La Visite inattendue, par Voyez aîné. Belle épreuve, à toutes marges.

GAILLARD (F.)

60. Bellin, 2e pl. (B. 8). Belle épreuve, *avec* le nom à la pointe, sur chine. Encadrée.

61. L'Homme à l'œillet (25). Superbe épreuve *avant la lettre, le nom tracé à la pointe:* sur chine. Rare.

GAUTIER-DAGOTY

62. Le Portrait de l'Archiduchesse Marie-Antoinette présenté au Dauphin (Louis XVI) en présence du Roi et de la Cour. Très belle épreuve. Fort rare.

GAVARNI

63. Manière de voir des voyageurs, pl. 3, 6 à 10 (1150, 1388 et suiv.). Six pièces. Belles et très rares épreuves, *avant la lettre.*

64. Paris : Bouquetière — Cordonnière — Couturière — Lingère (1916-1918, 1920). Quatre pièces avec les encadrements. Belles épreuves sur grand papier.

65. La Jeunesse de J.-J. Rousseau — Jocelyn. Douze pièces.

GILLOT (Claude)

66. La Vie d'un Satyre. Suite complète de 4 pl. Superbes épreuves, *avant toute lettre.*

67. Fêtes du dieu Pan, de Bacchus, de Diane et de Faune. Suite complète de 4 pl. Très belles épreuves.

GOLE (Jean)?

68. Femme tenant une bourse. Belle épreuve, *avant toute lettre*, *imp. en couleurs* et *rehaussée*. Encadrée.

GOLTZIUS (H.)

69. Sujets mythologiques et allégoriques. Neuf pièces par J. Saenredam. Belles épreuves.

GREUZE (d'après J. B.)

70. Le Donneur de sérénade, par P. E. Moitte. Très belle épreuve, *avant la lettre.*

71. L'Ecureuse, par Beauvarlet. Très belle épreuve.

72. Le Ramoneur, par Voyez. Très belle épreuve.

73. Jeune Fille pleurant son oiseau mort, par Flipart. Belle épreuve, *signée au verso*, par Greuze et Flipart.

HERVIER (Ad.)

74. Place de Village au grand Arbre. Eau forte. Très rare.

75. Le Quai bordé de maisons. Eau forte, 1841. Très belle épreuve, sur chine.

76. La Barque H. 40, 1854. Très belle épreuve sur chine.

77. Coin d'Atelier. Lithographie très rare exécutée en partie en grattoir.

78. Trois personnages devant une porte de Ferme, 1860. Lithographie. Rare *épreuve d'essai*, *signée.*

79. La Vieille paysanne et la Fillette, entourées de sept poules et canards. Lithographie. Très rare, sur chine.

80. Sujets divers. Huit pièces. Bonnes épreuves.

HUET (d'après J. B.)

81. Jeune Fille au masque, par Léveillé. Belle épreuve, *imp. en 3 tons* (petites taches).

82. L'Oiseau privé, par L. M. Bonnet. Très belle épreuve, *imp. en couleurs* (sans marges).

IMAGERIE POPULAIRE

83. Batailles, portraits et scènes relatives à Napoléon Ier (Imagerie d'Epinal). Vingt-cinq pièces coloriées.

JACQUE (Ch.)

84. Troupeau à la lisière d'un bois — Dans le Bois — Ousse — Troupeau de Porcs. Quatre pièces. Très belles épreuves, 3 sur *parchemin.*

85. La Truffière — Paysages et Animaux. Seize pièces. Belles épreuves.

JANINET (J. F.)

86. L'Amour rend hommage à sa Mère, d'apr. F. Boucher. Belle épreuve, *imp. en couleurs, avant toute lettre.*

87. La Baraque rustique — La Tabagie hollandoise. Deux pièces, d'apr. A. van Ostade. Bonnes épreuves, *imp. en couleurs.*

88. Ruines Romaines, d'après Pernet. Deux petites pièces, de forme ronde. Très belles épreuves, *imp. en couleurs* (sans marges). Encadrées.

89. Evénements de la Révolution, 15 pièces. Belles épreuves.

N° 61 du Catalogue.

JEAURAT (d'après Et.)

90. Le Clystère, par Aliamet. Très belle épreuve, *avant toute lettre.*

JONGKIND (J. B.)

91. Soleil couchant. Port d'Anvers (15). Belle épreuve du 2e état (sur 4).

LARMESSIN (N. de)

92. Frère Luce — La Courtisanne amoureuse — Le petit Chien qui secoue de l'argent — Le Faucon. Quatre pièces, d'après Boucher, Lancret et Vleughels. Belles épreuves.

LAVREINCE (d'après N.)

93. La Balançoire mystérieuse, par G. Vidal (9). Belle épreuve. Encadrée.
94. La même estampe. Epreuve sans marges. Encadrée.
95. Les deux Cages ou la plus heureuse, par de Bréa (19). Belle épreuve.
96. Les Sabots, par J. Couché (57). Très belle épreuve, *avant l'adresse* (petite restauration).

LE CLERC (d'après)

97. Etude du Dessein (sic) — de la Sculpture — de l'Architecture — de la Musique. Suite de quatre pl., par L. M. Bonnet, *imp. en sanguine*, deux très belles.
98. Jeune Femme coiffée d'une aigrette — Jeune Femme en bonnet — Tête de jeune Fille. Trois pièces, par L. M. Bonnet. Belles épreuves, *tirées en sanguine*.

LEYS (Henri)

99. Jeune Femme assise (18). Très belle épreuve d'essai.

LOUTHERBOURG et MALLET (d'après)

100. L'Amant curieux, par Le Veau (J. H. 32), 1er état, à l'*eau-forte pure* — Disposition du coucher. Deux pièces.

MALLET (d'après)

101. Par ici !... — Chit chit ! Deux pièces, par Copia, se faisant pendants. Belles épreuves (la marge du haut coupée et rapportée).

MAURIN (Ch.)

102. La Nuit — Après le bain — Femme nue assise au pied d'un arbre. Trois pièces. Très belles épreuves, *imp. en couleurs*, une *signée*.

MONDHARE (A Paris chez)

103. Mme Dugazon. Belle épreuve, *imp. en couleurs* (rognée à l'ovale). Encadrée.

MONNET (d'après Ch.)

104. Jupiter et Antiope — Jupiter et Io. Deux pièces, par Vidal, se faisant pendants. Très belles épreuves, *avant la lettre*, et *avant la draperie.*

105. Renaud et Armide, par Vidal. Belle épreuve, *avant la lettre*, et *avant la draperie.*

MOREAU LE JEUNE (J. M.)

106. Bethsabée au bain, d'apr. Rembrandt. Très belle épreuve, *avant la lettre.*

MOREAU LE JEUNE (d'après J. M.)

107. N'ayez pas peur, ma bonne amie, par Helman. Belle épreuve, *avec les lettres A. P. D. R.*

108. J'en accepte l'heureux Présage, par Trière. Belle épreuve, *avec les lettres A. P. D. R.*

109. Les petits Parrains, par Baquoy et Patas. Belle épreuve, *avec les lettres A. P. D. R.*

110. La Rencontre au bois de Boulogne — La Dame du Palais de la Reine. Deux pièces, par Guttenberg et Martini. Epreuves avec les lettres A. P. D. R.

MORLAND (d'après G.)

111. Louisa, par A. Le Grand. Belle épreuve, *imp. en couleurs* (sans marges).

NATTIER et VANLOO (d'après)

112. Nul amour sans peine, par B. Lépicié — Les Baigneuses, par L. Lempereur. Deux pièces.

ORNEMENTS

113. Queverdo (F. M.) *Cayers de Panneaux, Frises et sujets arabesques*, 1er et 2e cahiers, soit 12 pl. Belles épreuves (moisissures).

114. Divers. Ornements divers, 20 pl., par Cuvilliez, Babel, Prieur, Forty, etc.

PAROY (Comte de)

115. Mme Vigée-Le Brun et sa Fille? Belle épreuve.

PATER (d'après J. B.)

116. Le Savetier, par Filloeul. Belle épreuve.

PETITS MAITRES

116 *bis*. Sujets divers et Portraits. Vingt-six pièces, par ou d'après Durer, Beham, Aldegraver, etc.

PIÈCE HISTORIQUE

117. *Fête du 14 Juillet an IX. Vue des 3 Théâtres construits aux Champs-Elysées dans le Carré Marigny...* (A Paris, chez Basset). Très belle épreuve, *coloriée*.

PORTRAITS

118. Verney (Grevil), par R. Williams — Cotte (R. de), par P. Drevet, d'apr. H. Rigaud — Hugens (C.), par Pontius, d'apr. Van Dyck — The King, par

N° 130 du Catalogue.

Meadows, d'apr. Beechey, 1808 — Charlotte, Reine d'Angleterre, par J. Collyer. Cinq pièces.

118 *bis*. Mitantier — R. Poisson — Bossuet — G. de Scudéri — H. Liébaux — I. F. Le Petit — P. Despont, etc. Trente-trois pièces, par R. Nanteuil, Edelinck, Sadeler, Vorsterman, etc.

QUEVERDO (d'après F. M.)

119. La Jouissance — Le Repos. Deux pièces par Dambrun et Martinet, se faisant pendants. Belles épreuves.

RAFFET (A.) — ISABEY (Eug.)

120. Les Alpes — 1793 — Intérieur d'un Port — Marée basse, etc. Sept pièces (4 sur chine).

RAOUX (d'après J.)

121. La Jeune Coquette, par J. Chevillet. Belle épreuve.

REMBRANDT VAN RIJN

122. La Petite Circoncision (B. 48). Très belle épreuve des collections Gawet, Bohm, etc.

123. Vieillard portant la main à son bonnet (B. 259). Très belle épreuve, de la planche terminée par Schmidt.

124. Sujets religieux, Portraits, etc. Quinze pièces de tirage postérieur.

RIBÉRA (J.)

125. Silène (B. 13). Belle épreuve.

ROPS (F.)

126. Les Cousines de la Colonelle. Belle épreuve, *avec les croquis, signée.*

127. Frontispices: Les Phases de la Lune — Les Chansons de Collé — Le Diable dupé par les Femmes

— Les Amusements des Dames de Bruxelles — La Fleur lascive orientale — Le Christ au Vatican — Œuvre Badines. Sept pièces. Belles épreuves, deux *signées.*

RUISDAEL (J.)

128. Le Petit Pont (B. 1). Belle épreuve.

SCHALL (d'après F.)

129. Le Modèle disposé, par Chaponnier. Bonne épreuve.

130. Le Gascon puni — Les Oies de Frère Philippe — Le Poirier enchanté — La Servante justifiée — Le Cuvier — Le Bât. Suite de six pièces, par Laindor, de Toulouse. Belles épreuves (piquées).

SCHENEAU (d'après J. E.)

131. Carême-prenant, par Voyez. Très belle épreuve.

SCHMIDT (G. F.)

132. Schmidt, par lui-même, pl. dite à l'*Araignée* — Le P^ce Guillaume d'Orange et son Précepteur, d'apr. Flinck — La Juive Fiancée — Le Père de la Fiancée réglant sa dot — Portrait de Femme, d'apr. Rembrandt. Cinq pièces. Très belles épreuves.

SILVESTRE (Israël)

133. Vues de Paris et des environs, Fontainebleau, Gaillon, Lyon, Verneuil, Nancy, Avignon, Richelieu, etc. Cent pièces (plusieurs par Perelle et C. Chastillon). Belles épreuves en 3 cahiers.

SMITH (J.)

134. *Her Grace the Dutchess of Monmouth ye Earle of Dancaster & ye Lord Henry*, d'apr. G. Kneller. Belle épreuve.

135. *Johannes Churchill, Marchio de Blandford*, en pied, d'apr. G. Kneller. Très belle épreuve.

SMITH et WARD (d'après)

136. Cécilia — Louisa. Deux pièces, par de Montigny, se faisant pendants. Belles épreuves, *imp. en couleurs.*

SUYDERHOEF (Jonas)

137. Goltzius (Henri). Belle épreuve, *avant le n°*, de la collection P. Mariette.

138. Le Ménétrier ou Jan de Moff, d'apr. A. van Ostade (W. 121). Très belle épreuve du 3ᵉ état (sur 5).

TAUNAY (d'après)

139. La Noce de village, par Descourtis. Très belle épreuve, *avec les armes, imp. en couleurs.*

TIEPOLO (J. B.)

139 *bis.* — *Varj Capricej* (A. de V. 3-12). Suite complète de 1 titre et 12 pl. en cahier. Belles épreuves.

TIEPOLO (J. Dom. et Laur.)

140. Compositions Décoratives. Sept pièces. Belles épreuves (une *avant toute lettre*).

VANLOO (d'après C.)

141. Conversation espagnole, par J. Beauvarlet. Belle épreuve.

VERNET (Joseph)

142. La Plage à la grosse tour (1). Belle épreuve. Encadrée.

Nº 156 du Catalogue.

VIGNETTES

143. Frontispice pour une Histoire de France, par Sornique, d'après Eisen — Ah! Madame, vous la voyés, par Moreau le jeune, d'apr. Greuze — Vignettes pour Rousseau, le Temple de Guide, etc., d'apr. Moreau le jeune, Prudhon, etc., soit onze pièces, plusieurs *avant la lettre.*

144. *Les Métamorphoses d'Ovide, gravées sur les desseins* (sic) *des meilleurs peintres français par les soins des S[rs] le Mire et Basan*, titre, et pl. 1 à 27, 29 à 48, 51 à 77, 79 à 134, 136, 137, 139, 140 et cul-de-lampe. On y a joint 3 doubles. Epreuves à toutes marges (quelques-unes défraîchies).

WATTEAU (d'après Ant.)

145. La Villageoise, par Aveline (90). Très belle épreuve.

146. La Pellerine altérée, par Huquier (277). Belle épreuve.

147. Les Saisons, en largeur. Suite de quatre pièces rares, par Huquier (petites taches, 2 pl. mises au carreau).

148. Les Jardins de Cythère — Le Duo champêtre — L'Amusement. Trois pièces, par Huquier (tachées).

WHISTLER (J. M. N.)

149. La Forge. Belle épreuve.

150. La Grande Gallerie. Belle épreuve.

151. Savoy Pigeons (118). Belle épreuve.

152. La Robe rouge. Belle épreuve.

153. Gants de Suède. Belle épreuve.

WILLE fils (d'apr. P. A.)

154. L'Heureux vieillard, par J. Aveline. Belle épreuve.

155. Les Soins Maternels, par J. G. Wille, Epreuve *avant la dédicace* (cassure et épidermures).

ZORN (Anders)

156. Wade (Loys Delteil 36). Très belle épreuve du 2e état, *signée*. Fort rare.

157. Verlaine (Paul) (92). Très belle épreuve, sur japon.

DESSINS

ANONYME

158. Scènes de la Vie de Napoléon Ier, 20 petits dessins à l'encre de chine, avec rehauts de blanc, présentant l'aspect de bas-reliefs.

BOUCHER (François) ?

159. Etude d'Enfant accroupi ramassant une boule. Au crayon noir, avec rehauts de blanc.

L. 260. H. 157.

BRACQUEMOND (Félix)

160. Etude de Femme. Au crayon noir, rehaussé de pastel. Signé et daté : 1865.

H. 355. L. 240.

CHERET (J.)

161. Femme assise tenant un éventail. A la sanguine, légèrement rehaussé. Signé. Encadré.

H. 310. L. 220.

COSIMO (Pietro di)

162. Femme en buste — Guerrier en buste. Deux dessins à la plume, lavés de sépia.

H. de chaque dessin 188. L. 115.

DECAMPS (A. G.)

163. L'Artiste dessinant. Au crayon noir.
L. 235. H. 200.

164. Les grosses Roches. Au crayon noir, lavé de sépia et rehaussé de gouache.
L. 435. H. 245.

165. Le Semeur. Au crayon noir sur papier brun avec rehauts de craie. Signé des initiales. Encadré.
L. 205. H. 147.

DESRAIS, ESCHARD, etc.

166. Le Christ en Croix — Tête d'Homme, Paysages, etc. Six dessins.

DIVERS

167. Portraits et sujets divers. Dix dessins anciens.

DYCK (Antoine van) ?

168. François de Moncade, Mis d'Aytone, à mi-corps. Beau dessin à la pierre d'Italie.
A été gravé par L. Vorsterman.
H. 240. L. 175.

ECOLE ALLEMANDE (XVIe siècle)

168 *bis*. Les Israélites passant la Mer Rouge à pied sec. A la plume, lavé d'encre de Chine. Encadré.
L. 400, H. 220.

ECOLES ANCIENNES

169. Sujets divers, Paysages, etc. Douze dessins anciens.

EMPOLI (Jacopo da)

170. Etude d'Enfant. A la pierre noire.
H. 410. L. 265.

N° 168 du Catalogue.

EYCK (Ecole de J. van)

171. Trois Femmes en prière. A la plume, lavé de sépia et d'encre de chine. Encadré.

FLORIS (Frank)

172. Judith et Holopherne. A la plume, lavé de bistre. Signé. Collection Van Parys.
L. 310. H. 260.

FORAIN (J. L.)

173. Electeur et candidat. A la plume, *avec dédicace*. Encadré.
L. 375. H. 245.

GREUZE (attribué à J. B.)

174. Etude d'homme en manteau. A la pierre d'Italie.
H. 317. L. 230.

GUYS (C.)

175. Soldats anglais et filles de joie. A la plume, lavé d'aquarelle.

176. Les deux Grisettes. A l'encre de chine, rehaussé d'aquarelle.

177. Femme en promenade. Plume et encre de chine.

178. Au coin de la rue. A la plume, lavé d'aquarelle.

179. Femme pirouettant. A la plume, lavé d'encre de chine.

180. Femme à mi-corps, de profil à droite. A l'encre de chine.

181. Femme à mi-corps, de face. A l'encre de chine, lavé de sépia.

182. Femme à mi-corps, tournée vers la droite. A l'encre de chine, rehaussé.

183. Un Equipage officiel. A l'encre de chine.

184. Deux Femmes en promenade. A l'encre de chine, rehauts.

185. Une Fille. A l'encre de chine.

HERVIER (Ad.)

186. Boutique d'un brocanteur, à St Germain. Mine de plomb.

186 *bis*. Etude de dix Moulins. Mine de plomb, rehauts de bistre, *signé* et *daté* : 17 Mars 1848.

186 *ter*. Abside de St-Martin, à Etampes. Mine de plomb, rehauts d'encre de chine et d'aquarelle. Signé.

187. Etudes d'Arbres. Six croquis.

187 *bis*. Etudes diverses. Sept croquis.

LALLEMAND (J. B.)

187 *ter*. Site d'Italie. Au crayon noir, avec légers rehauts d'aquarelle. *Signé*.

L. 405. H. 262.

LAUTREC

188. Femme au chien. A l'encre de chine. Signé du monogramme.

H. 555. L. 415.

MABUSE (Ecole de J. de)

188 *bis*. Les prières, avant l'ensevelissement du Christ. A la plume, lavé de sépia. Collection G. Vallandi.

L. 475. H. 380.

MINIATURES

188 *ter*. Douze Lettres ornées, extraites d'Antiphonaires.

NICOLLE (J. V.)

189. Rome : Vue des Restes de l'Aqueduc de Claudia, — Vue de la porte Latine. Deux aquarelles, *signées*, formant pendants. Encadrées.

PERCIER

190. Site d'Italie. Motif dans un riche encadrement composé d'arabesques, de médaillons et de bas-reliefs. A la plume, lavé d'aquarelle.

L. 303. H. 310.

PILLE (Henri)

191. Les Admirateurs. Important dessin à la plume, avec dédicace. Encadré.

L. 345. H. 215.

POCETTI (Bernardo Barbatello, dit il)

192. Deux Enfants s'enlaçant. A la plume. Collection G. Vallardi.

H. 262. L. 115.

RAFFET (A.)

193. La Giralda, à Sévilla, 15 octobre. A la mine de plomb, rehaussé d'aquarelle.

H. 365. L. 260.

194. Huit feuilles de croquis (Raffet, San Donato) : Courses de cavaliers Andalous — Tour des Arabes à Séville, 18 oct. — Séville, Tour de l'Or — Marchands — Retour de la Foire — Scène d'enterrement — Une rue de Séville, 5 oct. A la mine de plomb, un rehaussé d'aquarelle. *Ce n° pourra être divisé.*

REMBRANDT VAN RIJN (attribué à)

194 *bis*. La Consultation. A la plume. Encadré.

L. 134. H. 119.

RESTOUT (Jean)

195. Groupe de deux Personnages. A la pierre d'Italie.

L. 300. H. 227.

ROBERT (attribué à H.)

196. Le Bucheron. Contre-épreuve de sanguine. Encadrée.

N° 175 du Catalogue.

SWEBACH DESFONTAINES

197. Le Retour du Marché. Important dessin lavé de sépia, *signé*.

L. 420. H. 308.

TISSOT (J.)

198. Etudes de Militaires, scènes de campement, vues, le Foyer de la Comédie-Française, etc. Cinquante-huit dessins ou croquis à la mine de plomb, exécutés pendant le *Siège de Paris*.

TROYON (C.)

199. Les Chaumières au grand arbre. Au crayon noir, légers rehauts.

L. 555. H. 335.

VANLOO (Carle)?

200. Feuille d'étude pour la Figure d'un Officier, figure entière et détails. A la pierre d'Italie.

H. 535. L. 410.

VELDE le jeune (Wilhelm van de)

201. Une Barque richement ornée. 1694. A la plume, lavé d'encre de chine et daté.

L. 320. H. 210.

VOGEL (Hermann)

202. Le Messager. Aquarelle. Signée. Encadrée.

H. 580. L. 440.

2me PARTIE

CHARLET

203. Sujets divers. Quatre-vingt pièces.

DIVERS

204. Sujets divers. Vingt-cinq pièces (1er Empire et Restauration), par Jazet, P. Legrand, Charon et autres.

205. Sujets divers et Paysages, 50 pl. par Boilvin, de Nittis, Vion, etc.

206. Sujets divers et Paysages, 105 pl. anciennes.

206 *bis*. Sujets divers, Marines, Paysages. 115 planches.

206 *ter*. Sujets divers. Paysages, Fac-simile, etc. 140 planches.

207. Le Christ flagellé, par J.-A. de Bresse (épr. incomplète) — Sujets divers, par H. Monnier — Dessins — La Veillée, par Denon, d'apr. Rembrandt, etc.

ECOLES ANCIENNES

208. Sujets divers et Paysages, 20 pièces.

209. Sujets divers, Costumes, Animaux, 41 pl. par ou d'apr. L. de Leyde, Berghem, Rabel, Le Clerc, etc.

210. Sujets divers, Vues, Paysages, 70 planches.

211. Sujets divers, Portraits, Paysages, 45 pl. par ou d'après Rembrandt, Ostade, Van Dyck, etc.

EAUX-FORTES MODERNES

212. Sujets divers et Paysages. Treize pièces, par B. Constant, Detaille, Meissonier, etc., plusieurs rares.

LITHOGRAPHIES

213. Sujets divers, 13 pl., par Raffet, Charlet, Andrieux, etc.

214. Sujets divers, Vues et Paysages, 49 pl., par J. Dupré, Grevedon, Roqueplan, etc.

215. Sujets divers. Cinquante-quatre pièces, par C. Vernet, Charlet, Daumier, Johannot et autres.

PARIS (Vues de)

216. Vues diverses. Cent-trois pièces.

PIECES HISTORIQUES

217. Portraits et scènes relatives à la Révolution Française, 25 pièces. Belles épreuves.

PORTRAITS

218. Portraits anciens. Soixante-quinze pièces.

218 *bis*. Portraits anciens. Cent pièces.

219. Bossuet en pied, par Drevet fils — Philidor, par St Aubin — Gobinet (C.), par G. Edelinck — Pionbo (S. del), par C. van Dalen, etc. Onze pièces.

SUPPLICES (Pièces sur les)

220. Réunion de 80 pièces anciennes, relatives aux Supplices.

VIGNETTES

221. Vignettes, frontispices et petites pièces diverses, 150 pl. anciennes.

VUES

222. Environs de Paris : St Cloud, Meudon, Versailles, etc., 70 pl.

223. Ile-de-France. Environ 150 pièces.

224. Naples, par Aloja, 2 pl. — Venise — Pouzolles — Dieppe — Le Tréport — Marseille — Nancy — Strasbourg, etc. Cinquante pièces anciennes.

225. Alsace, Lorraine, Dauphiné, Franche-Comté, 135 pl.

226. Picardie, 63 planches.

227. Normandie et Bretagne, 170 pl.

228. Normandie, 83 pièces.

229. Lyonnais (Vues et portraits), 100 pièces.

230. Dauphiné et Provence. Soixante-cinq pièces.

231. Vues, portraits, costumes de la Suisse. Cent-treize pièces.

232. Sous ce n°, il sera vendu 30 dessins et gravures encadrés, *cadres en baguette ancienne* pour la plupart.

233. Sous ce n°, il sera vendu environ mille eaux-fortes modernes.

234. Sous ce n°, il sera vendu environ 300 estampes et dessins.

235. Sous ce n°, il sera vendu environ 500 estampes, la plupart anciennes.

236. Sous ce n°, il sera vendu en un ou plusieurs lots, divers recueils parmi lesquels : Art décoratif, 35 pl., par Piat — Tableaux de l'Histoire Romaine — Les Loges, de Raphaël, par N. Chaperon — Les Contes de Perrault — L'Art en tableaux, œuvre de Ducerceau — Iconologie, etc., etc.

IMPRIMERIE

FRAZIER-SOYE

153-157, Rue Montmartre

PARIS

RED. :

21

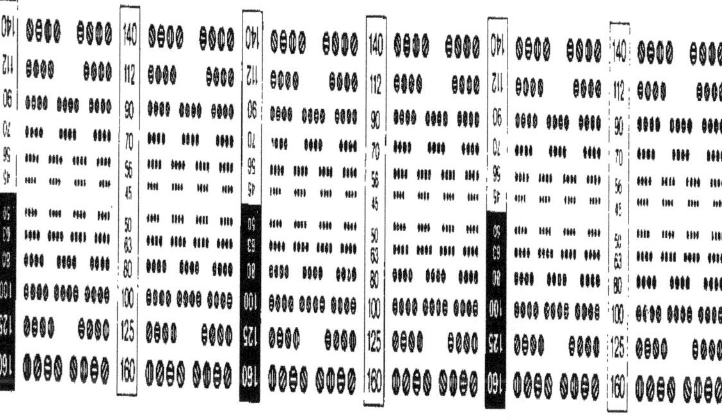

0 1 2 3 4 5 6 7 8 9 10

www.ingramcontent.com/pod-product-compliance
Ingram Content Group UK Ltd.
Pitfield, Milton Keynes, MK11 3LW, UK
UKHW021038180726
13838UKWH00004B/1873